카뮈에게 예수를 빼앗기다

푸른시인선 032

카뮈에게 예수를 빼앗기다

초판 1쇄 인쇄 · 2026년 3월 15일
초판 1쇄 발행 · 2026년 3월 20일

지은이 · 박영욱
펴낸이 · 김화정
펴낸곳 · 푸른생각

편집 · 지순이 | 교정 · 김수란
등록 · 1999년 7월 8일 제2-2876호
주소 · 서울시 중구 충무로 29, 아시아미디어타워 502호
대표전화 · 031) 955-9111(2) · 팩시밀리 · 031) 955-9114
이메일 · prun21c@hanmail.net
홈페이지 · http://www.prun21c.com

ⓒ 박영욱, 2026

ISBN 979-11-92149-72-1 03810
값 15,000원

푸른
시인선
032

카뮈에게
예수를 빼앗기다

박영욱 시집

自序

멈출 줄 모르고

흘러만 가는 시간 속에서

낮밤으로 감성의 문을 두드렸다.

그러고 싶어서 그랬다.

이쯤에서 그쳐도

'자서'라는 이름의 글이 될까…

2026년 이른 봄

朴永旭

| 차례 |

제3부 기분을 바꿔주세요

제1부

구름 가족

소래풀꽃

살랑거리는 자태가
가슴을 휘젓는
소래풀꽃
연보라의 꽃빛깔이 몽환을 부른다

소래풀꽃
처음 알게 된 꽃
가까이에 괴불주머니는
여럿이 함께 있지만
소래풀꽃은 드문드문 피어 있다

외롭게 피어 있는 소래풀꽃
잎새도 줄기도 여린 꽃
오래도록 곁에 있어주었다.

어둠

밤이 내린다
어둠이 자기 자리를 찾아간다
매끄러운 음색의 피아노곡처럼
차분하게 어둠이 내게 녹아든다

어릴 때 숨어 들던 다락의 어둠이 떠오른다
가끔씩 어둠이 나를 안아주던 다락
어둠에 안기면 금방 아늑해지던 다락

어둠은 몇 개의 덩이가 되어 나뉜다
어둠 한 덩이가 나를 유혹한다
감칠맛이 나는 어둠의 유혹에 홀딱 빨려든다

이러다가 어둠이 나를 뚝 하고 떠날까 봐
어둠을 양팔로 꽉 붙잡는다
어둠이 홀쭉해진다
내 마음도 금세 홀쭉해져버린다.

흙냄새

어렸을 때 다녔던 작은 예배당
비 오는 날
긴 나무 의자에 앉으면 흙바닥에서
흙냄새가 올라오곤 했다
나는 그 냄새를 무척 좋아했다

비가 내린다
나무줄기를 타고 내려와
조용히 흙으로 스며든다
순간이지만 흙으로 빨려들기 전
비와 흙은 서로 반가운 듯
인사를 나누는 것 같다

조화를 이루며 퍼지는
흙냄새와 물냄새
떠오르는 예배당 흙바닥
모두가 환희와 그리움이 되어
내 몸 안으로 흐른다.

찬조가(讚鳥歌)

새들은 언제나 자유를 펄럭이며
기쁨 속에서 살아가는 것 같다

가끔은 모임이 있는 날인지
무리 지어 나란하게 어딘가로 날아간다
이런 모습을 보면 저절로 마음에 평화가 들어선다

새들은 돌출된 귀가 없는데
흐르는 공기 속에서
어떻게 다양한 소리를 분별하며 포착할까

맑은 영혼을 지니고 있으면
출렁이는 기류 속에서도
세밀한 소리까지 감지되는가 보다

어쩌다 산물 흐르는 곳에서
새들이 폴짝대며 씻는 모습을 보게 되면
내 마음의 얼룩진 정념의 찌꺼기들이
말끔히 사라지는 것 같다

나뭇가지를 툭툭 치며 놀 때나
그저 무덤덤하게 창공을 날 때도
새들에게서는 순전한 자유로움이 보인다

바람을 가르며, 구름을 비끼며
어디서든 빛나는 자유를 누리고 있는
모든 새들에게
듬뿍하게 찬미를 보낸다.

그노시엔느

삶의 의미에 몰입하는 시간이 많아져서,
나도 모르는 사이 집착이 될까 봐
밤이 오면 되도록 순한 음악을 듣는다

따끈한 생강차를 마시며
〈그노시엔느〉를 들어본다

내 몸이 강물 위로 떠내려가는 것 같기도 하고
수면 아래로 서서히 잠기는 것 같기도 하다

입때껏 들어온 곡인데 처음인 양
새로운 파문을 일으킨다
건반 음이 데리고 온 센티멘털에
풍덩 빠져본다

흐르는 멜로디가 가슴을 적신다
음과 음 사이에 뿌려진 찰나적 황홀(恍惚)은
밤의 영혼이 사라지며 흘린 자국 같다

빈터

벌판을 배회하는 바람처럼
서늘한 어둠이 흩어지는
빈터에 서면

내 몸 안으로
가슴에 생채기가 생긴 사람인 듯
거친 아픔이 스며든다

누운 풀잎을 헤치고 흐르는
냇물 몇 줄기가 떠오르고
이내
가슴 밑바닥에는 구멍이 하나 생긴다.

비

어릴 때처럼
비가 내린다

내가 처음 비를 보게 된 때는
언제였을까
무슨 생각을 하며
그 비를 바라보았을까

내리던 비가 그쳤을 때는
좋아했을까
사라진 비를 아쉬워했을까

어릴 때처럼
비가 내린다

그리움이 철벅거린다.

배신(背信)

쓰디�쓴 한때도
찬란했던 날들도
하늘 아래 지나간다

삶이 지나가고
죽음이 지나간다

죽음, 그 어쩔 수 없는 수용
삶에 대한 차가운 배신인가

몸뚱어리 깊은 곳으로부터
뻐근한 소리가 들린다.

하늘에서 우울이 내려온다

서쪽 하늘 끝이 발그레하다
먼 하늘은 설핏 우울을 내보이는가 하더니
숫제 우울을 싸락눈처럼 흩뿌린다

팔랑팔랑 하늘에서 우울이 내려온다
내 머리 위에도 어깨 위에도
소리 없이 가만가만 내려앉는다

번해져오는 황혼을 뒤로하며
우울이 그칠 줄 모르고 자꾸 내려온다
어느새 얼마만큼이랄 것도 없이
내 몸은 온통 우울에 적셔진다.

이승

운동장만 한 구름이 바로 머리 위에 있다
쉬기 편한 나무그늘도 있다
산바람도 적당히 불어온다
특별한 곳 같지만
산에는 으레 있는 예사로운 곳이다
어떤 날 모르고 그냥 지나쳤을 곳
언젠가 다시 찾을 수도 있는 곳이다

등 펴고 이승에서 살아가고 있으니
하늘도 나무도 바람도 의미가 있는 것이지
산다고 살던 이승을 떠나게 된다면
특별하건 예사하건 이런 것들이
과연 무슨 의미가 있겠는가?

산바람이 나를 툭 치고 지나간다.

들판

햇빛이 들판 위로 쏟아져 내린다
햇빛은 조금도 꺾이지 않고
작정한 듯 땅바닥을 찔러댄다

그래도, 들판은
뜨거운 태양을 원망하지 않고
따가운 아픔도 내색하지 않는다

얼마 전까지도 황량한 들판이었는데
파란 토끼풀들이 여기저기 퍼져 있고
늘 지쳐 보이는 명아주도 힘을 낸 듯
줄기가 굵어지고 잎이 넓어져가고 있다

꽃이라는 생각이 쉽게 안 드는
자잘한 수영꽃들도
하얀 망초꽃들과 어울려 커가고 있다

찔레 덤불 속의 새들은 한껏 요란하고
까마귀 몇 마리도 무슨 일이 생겼는지

오며 가며 울기를 멈추지 않는다

유월의 오후
여전히 햇빛은 강렬하고
들판은 거칠게 숨을 몰아쉬고 있다.

경계선

위로는 짙은 회색
아래는 옅은 흰색
비 온 후 동쪽 하늘 끝에
구름이 뚜렷하게
경계선을 만들어놓았다.

구름 가족

태양이 뿜어내는 불의 열기가 얼마나 뜨거웠기에
주변의 검은 구름들이 저토록 빨리 흩어지는 걸까
한참을 달아나다 한번 돌아보고 다시 또 달아난다

엄마구름은 아기구름이 다칠까 봐 앞에서 막아선다
아빠구름은 어느새 물이 되어 쏴쏴 주변을 적신다

태양불의 열기는 저녁이 되어서야 조금씩 사윈다
구름 가족은 서로 손을 꼭 잡고 밤 속으로 사라진다.

경동시장

대추가 싱싱하다
바구니에 고추가 수북하고
하얀 갈치도 눈길을 끈다

익숙해진 표정들이 정겹고
툭툭 던지는 상인들의 말에
저절로 마음이 편안해진다.

겨울 강

파주를 다녀오는 길이다
차창 밖으로 보이는 겨울 강에는
하얀 얼음덩어리들이 표류하고 있다
온 강을 덮은 얼음들이 생물처럼 보인다
망연히 한참을 바라보고 있으니
죽음이 점점 내게로 다가오는 것 같다
보이지 않는 죽음의 파동도 느껴진다

나도 머지않아 영락없이
어둡고 차가운 죽음의 강을 건너게 되겠지
두려움이 턱턱 나를 엄습할 텐데
제대로 노를 저을 수 있을까
별스러운 생각들을
다 끄집어내면서 건너도 역시 무섭다면
큰 소리로 자꾸자꾸 노래를 부르며 건너리라
얼마나 멀까?

행로

여름날 오후 언덕길을 오르는 것처럼
고달프고 따분하기만 한 것이 인생인가

세상과 어떤 인연을 갖게 될지
그 처음과 끝을 미리 알 수 없는 것처럼
인생의 행로는 늘 오리무중의 연장선인가

행복이란 것은
그저 마음속으로 그리기만 하는 대상인가

차가운 바닷물이 해안으로 밀려오듯
언제라도 우리에게
달려들 태세를 갖추고 있는 것이 불행인가

지금은 평탄한 마음밭이라도
단박에 폐허가 되어버릴 수 있고
가까운 사람과의 매끈하고 윤기 있던 관계도
한순간에 흙담 허물어지듯 무너져 내릴 수 있다
내내 따뜻했던 사람에게 어느 날

흰 서리 같은 냉기가 느껴질 때도 있는 것이다

과연 어떻게 살아가야 하는가
삶 자체를 위해서 살 것인가
보다 나은 죽음에 다가서기 위해 살아야 할 것인가.

제2부

또 다른 봄

분만실

이른바 시상(詩想)은 떠올랐는데
어떤 어휘로 어떻게 꾸려나갈까
연결 연결이 쉽지 않고
자꾸 마음만 조급해질 때

그나마 떠오른 감흥마저 무뎌지거나
아예 사라지고 말 것 같을 때

서둘러 내 방으로 들어와
허둥대며 몸부림친다

대개는 다음 날이면
나는 내 방에서
시(詩) 한 편을 순산한다.

카뮈에게 예수를 빼앗기다

지난밤 꿈을 떠올리며
무심히 산길을 걷다가
낚싯줄에 망둥이 걸리듯
얼핏 이런 생각이
내 머릿속에 걸려들었다

예수는 내 삶 속에서
진정 무슨 의미가 있을까

내가 외로울 때
내가 실의에 빠졌을 때
내게 세상의 둔탁한 소리가 들려올 때
내게 신나는 일이 생겨서 가슴이 벅차오를 때
나는 예수를 바라보았던가

나는 어쩌다가
인간 카뮈에게 예수를 빼앗긴 것 같다
내 안의 예수는
어느 날 알제리의 사막 너머로 떠나갔다

내 탓이었을까
카뮈의 탓이었을까
아니면, 예수의 탓이었나?

내 안에 예수가 있기는 했었을까…

식물의 자제력

여름날처럼 갑자기 더워졌던 날이
하루를 보내고 나니
일찍부터 여린 비가 가만가만 내린다

서둘러 핀 봄꽃들을 먼저 보내고
한쪽에 하얗게 피어 있던 야광나무 꽃들이
부드러운 비와 얌전한 바람에도
흩날리듯 떨어진다
손을 펴서 떨어지는 꽃잎을 받아본다
모아서 입에도 대어본다

풀밭 한가운데
흰색과 연보라가 반반인
종지나물 꽃들이 눈을 끈다
수분과 양분을 빨아들여서 그런지
수들수들하던 것이 전보다 줄기가 길어지고
통통하게 굵어져서 생기가 넘친다

식물들은 갈급한 경우에도

필요한 적당량만 취하는 자제력이 있나 보다

꽃들은 서로가 정한 약속을 지키려는 듯
자신의 순서를 어기지 않고 차례대로 피어난다
사정이 생겼다며
앞으로 나서거나 뒤로 처지지 않는다

봄이 절정을 향해 흘러가고 있는 줄 아는지
새들도 분주하게 날고 그 소리도 높아져간다.

기억 속으로

호젓한 기분을 갖고 싶을 때
자주 찾는 나무 아래
등 대고 철퍽 앉으니
이런저런 기억들이 한 묶음씩 다가온다

웃음기 잃고 홀로 버둥거렸던 날들의 기억들이
금세 슴뻑슴뻑 온몸으로 파고든다

평상심에 균열이 생기고
가슴은 잔뜩 고적감으로 부풀어 올라
뜬 달을 자주 올려다보던 때가 있었다

그땐,
몸이 어디에라도 부딪히면
금세 내 우울의 큰 뭉텅이들이
조각으로 나뉘어 추르르 떨어졌을 거다

내 곁엔 늘 어둠이 있었고
비온 후 질척거리는 길을 걸어가는 나를

자주 보게 되었다

주변의 모든 것이 내겐 무의미했고
무의미에 익숙해져버린 나날들 또한 무의미했다

'삶이란 공허의 덩어리이고
그 덩어리는 갈수록 커지고 단단해져서
우리를 위에서 누르며
우리는 거기에 납작하게 깔려서
결국 우리는 공허 속에 사라지게 될 거다.'
이런 생각이 그 당시 내 생각의 요체였고
끈덕지게 나를 따라다녔다

지금 생각하면 그 시절의 나에게
어쩔 수 없는 진한 연민이 생긴다

산 내음이 정신을 맑게 해주는 듯하더니
이내 갈래를 만들며 분산된다
생각이 깊어졌지만 더 깊어질까 봐

빠져나왔다

비교적 수월하게 빠져나왔다

−그런데 말입니다,

−당신은 지금도

−돌 몇 개 깨져 있는 돌담 같군요.

바람결에 나실대며 풀잎들이 수군거린다.

물을 보다

산기슭에 섰다
저수지인가
아래로 호수 같은 물이 보인다

꼭대기에 올라섰다
흐르는 강물인가
멀리 바다 같은 큰물이 보인다

저녁노을

먹구름 사이로 가늘게 새어 나오는
흰 햇살의 광휘가 경이롭구나 했는데

타오르는 주황빛 저녁노을에서는
자연의 조화 그 이상의 신비가 묻어난다

찬미나 경탄은 한순간의 격랑

몸 안으로 따뜻한 기류가 흐르는 듯하더니
이내 마음의 선율은 그 흐름이 잔잔해진다

인생의 모든 의미를 알게 된 사람처럼
스러져가는 노을을 한참 동안 바라본다.

겸손

아! 어떻게 하면 겸손해질 수 있을까
어떤 순간에도 겸손한 언행을 보이는 사람은
그러한 됨됨이를 타고난 것일까
그는 과연 어떤 수양을 연마해왔을까

잠깐 스친 모르는 이에게서
우연히 겸손의 한 빛살을 보게 될 때
뭇 타인인 그이에게
저절로 존경심마저 들게 된다

꾸미지 않은 고스란한 그이의 겸손이
깊은 노을처럼 오래도록 가슴에 남는다.

지난 사랑

시큰둥하니 그날이 그날인 양
무덤덤하게 살아가는 사람도

가슴 깊은 곳 어딘가에
지난 한때의 애틋한 사랑이
소중한 기억으로 간직되어 있겠지

오랜 세월이 흐른 후에도
지난 사랑은 가끔씩 그이에게
엷은 미소를 짓게 하거나
아지랑이 같은 애수에 잠기게 할 거야

맺어진 사랑이나
어긋난 사랑이나

지난날의 사랑은
그 안에 한 움큼 그리움이 담겨 있어서
오래도록 그이들 가슴속에
연분홍 살구꽃으로 남겨질 거야.

또 다른 봄

봄바람이 불어와요
여전히 찬바람이지만
그 안에 봄소식이 들어 있는 것 같아서
마음으로는 따뜻하게 느껴져요

발밑으로 봄이 옵니다
단단했던 흙은 벌써 풀어졌고요
별꽃, 꽃마리, 냉이꽃 등이
예쁘게 작은 얼굴을 내밀고 있네요

까딱까딱 꽁지를 들썩이며
딱새들이 신이 났어요
직박구리와 물까치도 여기저기 다니며
봄을 알립니다

이제 막 봄이 오는데
봄을 향한 애착이 유난한 건지
벌써부터, 사라질 봄날들과
다시 찾아올 또 다른 봄을 생각하네요.

사자와 남자

아프리카 초원의 어느 봄날
낭떠러지에서 추락하기 직전
울부짖으며 매달려 있던 늙은 사자를
건장한 사내가 지체 없이 달려가
천신만고 끝에 구해준다

서로가 죽음을 맞을 수 있는
절체절명의 순간
사자와 남자는 눈으로 신뢰를 확인했다
단 한 번의 교감으로 남자가 손을 뻗자
사자도 기력을 다하여 앞발에 힘을 쏟았다

평지에 올라온 사자는 기진하여
한참이나 쓰러져 있었고 사내는 그 곁을 지켰다

늙은 사자가 다시 숲으로 향하기 전
마지막으로 서로를 확인하려는
처절한 이별의 시선이 있었다

아프리카 초원의 어느 봄날

한 사내와 늙은 사자 사이에

종(種)을 초월하는 뭉클한 유대(紐帶)가 있었다.

아! 행복했던 순간이었네

자질구레하고 평범한 일상 속에서
지난 세월을 떠올리다가
퍼뜩 막 지어낸 솥밥이 생각났다

언제부터인지 잡곡밥을 먹네
현미밥이 좋네들 하지만

어린 시절 가끔씩
솥으로 방금 지어낸 하얀 쌀밥에
간장과 달걀을 넣어
정성껏 비벼서 먹던 일은 잊을 수 없다

너무나 맛있어서 그 순간은 정말 행복했다
기름 냄새 고소한 김에 싸서 먹지 않아도
눈처럼 희고 뜨거운 쌀밥의 감미는
순식간에 온몸으로 퍼져 나를 전율시켰다

그때의 행복은
그냥 어쩌다 말하는 행복을 넘어선

산꼭대기처럼 높은 행복이었다
출렁거려 넘쳐나는 큰 파도와 같은 행복이었다.

풀길

지극지극 가래 열매 두 개를 손안에 쥐고
나는 풀길을 걷는다

가슴으로 스며드는 싱그러운 풀 향기
일부러 흠뻑 들이마시려 하지 않아도
내 몸으로 풀 향기가 분수처럼 내려앉는다

누군가와 한참을 마주 보자면
금세 어색해지겠지만
풀길을 지나며 바람에 일렁이는
파란 풀잎들을 마주하면
볼수록 친근해지면서
이내 마음에는 기쁨과 환희가 넘치게 된다

잔잔하고 평화로운 날이나
암팡진 거친 바람이 부는 날에도

훽 어딘가 다녀오고 싶을 때면

양손 번갈아 가래 열매 궁글리며
나는 풀길을 걷는다.

Thanks

여름이 가을 되고 가을이 겨울 되듯
아이가 어른이 되고 또 노인이 된다

'쟁반같이 둥근 달' 하던
동요 속의 달은 어느덧 사라지고
차갑고 무심한 달이
쌜쭉하니 떠 있다

내 갈 길이 여전히 남아 있는 걸까
아니면 종착역이 바로 목전에 있는 걸까
내 영혼이 한쪽으로 빠져나가고 있는 듯하다
출구가 막혀버린 굴속의 짐승처럼 마음이 혼란스럽다

소년 시절
누군가를 맹문도 모르고 흠모했던 적이 있다
'이러면 그렇게 될 거야'라는 쉬운 생각만 했다
사개가 딱 들어맞는 운명이 될 거라 여겼다
그랬었나?

외롭고 푸석푸석한 인생길을 걷는다
동반하며 어떤 소리든 들려주는
새들이 있어 고맙고
묘력(妙力)으로 눈을 끌고 마음을 당기는
저녁노을이 있어 고맙다

가끔씩 꿈틀대는 범속한 마음의 동요도 고맙다.

어둠 속에서

밤의 꼭대기다
이렇게 냉엄하고 묵직한 어둠이 일찍이 있었을까
어둠 속에 나의 모든 것이 잠긴다
나의 존재가 송두리째 그 속으로 빨려 들어간다

원체 고요하니
내 몸 안의 피가 순환되는 소리도 들리는 것 같다

무섭도록 순전한 적요
그 가운데 놓이게 된다
원인 모를 슬픔이 울컥하고 솟아오른다
매운 냄새에 스친 것처럼 눈 주변이 뜨거워진다
탄식도 잇달아 목구멍을 치밀고 올라온다

어쩌겠다는 생각도 없이 그저 살아온 세월
색종이 색상처럼 색색으로 사라져버린 시간들
이젠, 얼마큼의 시간이 내 앞에 남아 있을까

지금 이 순간

다른 황홀한 생각들이 떠올려졌으면 좋겠다
접혀진 내 마음을 단박에 환하게 펴줄
화사한 그런 생각들이 간절해진다

세상에 홀로 놓였을 때라도 가질 수 있는
꿋꿋한 의연함을 소망해본다.

산길 I

아주 멀리 보이는 어떤 지점
몇 고개 넘어야 하니
가려면 한참 걸릴 것 같아도
걷다 보면 어느새 이르게 된다

산이네 실감하게 되는 흙냄새
마음껏 내리쪼이는 햇볕
잠시 앉아 쉬던 평평한 바위
연고동빛 꼬리를 치켜세운 잠자리
땀 흘리던 언덕과 목마름
수럭수럭 다가와 불어주던 산바람

방금 지나온 산길을
오래도록 돌아본다.

산길 Ⅱ

언덕이 다하는 곳에
또 언덕
한참 멀게 보여도
걷는 일에 열중하는 것은
바로
사는 일에 그러한 것이니라.

제3부

기분을 바꿔주세요

사랑이 무너진다

또 출렁거린다
이 정도로 느슨했었나

수다한 언약들
동그란 웃음들.

허무가 사라져줄까

사네 하며 살다가도
허뚱거리며 그저 살아가다가도
가끔씩, 내버려둔 빈방의 퀴퀴한 냄새 같은
허무의 냄새를 맡게 된다

낮밤 분간 없이 풍기는 허무의 냄새
언제 보더라도 볼썽사나운 허무
곧잘 가슴을 옥죄는 허무와 부딪히면
내 몸은 온통 넝쿨에 엉킨 듯
영락없이 까부라진다

누군가와 마음을 활짝 열고
아무 얘기나 아무렇지 않게 나누고 싶다
말했던 얘기라도 새로운 듯 다시 꺼내어 말하고
그새 떠오른 얘기도 오래전 얘기처럼
한참이나 함께 나누고 싶다
마주 보며 머리가 넘어가게 웃어젖히고 싶고
초라니 방정이라도 떨어가며 들썩거리고 싶다

그러다 보면 허무가 손사래하며 사라져주겠지
다시는 냄새 풍기며 얼찐거리지 않겠지.

검은 구름

육중한 검은 구름이 온 하늘을 덮었다
우쭐대던 바람이 막 소리를 내며
기세 좋게 극성을 부린다
낙엽들이 와삭거리며 흩어진다
재빠르게 새들은 어딘가로 숨어버린다

벼르고 기다렸다는 듯
장대비가 일시에 쏟아지며 땅을 헤집는다
대번에 나무를 부러뜨리고 돌을 굴린다

무슨 이치나 맥락이 무너진 것 같다
섬뜩한 생각에 가슴이 쩌릿해진다
내 몸은 금세 납작해지면서
몇 가지 감각마저 멎는 것 같다

비는 본심을 드러낸 듯 더욱 요란하게 퍼붓는다
치유가 간절했던 '옷자락 여인' 처럼
지금 내겐 비 그친 하늘의 한 줄기 햇살이 간절하다

세월은

웬 수선이냐는 듯 여전히 제 곬으로 흘러만 간다.

서광(曙光)

절정을 보이던 어둠이 흐물거린다
어둠은 스멀스멀 푸른빛으로 변한다

거대한 태양의 강렬한 빛이
한순간에 어둠을 쓸어버린다

누군가는 애타게 기다렸을까
속 시원하게 세상이 환해진다.

슈베르트 G플랫

소백산 깊은 계곡 내음이
새벽바람에 실려 흩어져내린다
강가로, 강물 위로 흘러내린다

물 위로 미끄러지는 여린 햇살들
물새들의 순진무구한 날갯짓
툭 떠오르는 슈베르트 G플랫
춤추는 흰 건반 검은 건반

백할미새 두 마리
사뿐사뿐 모래 위를 걸어가며
구름 같은 평화를 내뿜고 있다
빈 가슴이 하얀 햇살들로 채워진다.

고독사

신(神)들도 우울해질 때가 있을까
가끔은 그럴 거야

그럴 땐 다른 신에게 기대고 싶어질까
아마 그러겠지

신들도 편 가르기, 끼리끼리 따위가 있을까
인간들과 마찬가지일 거야

고독사하는 신도 있을까
글쎄, 그건 잘 모르겠네.

남매

손잔등으로 눈물을 훔치던 아이가
나를 보자 슬며시 웃음을 보인다
두 돌이 채 안 된 어린아이가
가끔 마주치던 이웃 할아버지를 기억하고
반가움의 신호를 보낸 것이다
바지가 흙투성이인
세 살 된 오빠도 곁에서 눈인사를 한다
가까이에 흙이 있는 곳이면 어디서든
남매는 흙장난하며 놀기를 좋아한다
그 부모도 옛사람들처럼 그렇게 키운다
순수한 울음, 순수한 미소, 순수한 응시에
내 마음이 환해진다.

하얀 평화

산어귀에 핀
하얀 망초꽃들
흰 나비 서너 마리와
조화를 이루며
평화를 보여주고 있다

주변 나무들이
바람을 보내며 시샘한다
까마귀도 날아와
거친 소리를 낸다

망초꽃들과 나비들은
휘둘리지 않고
평화를 지켜낸다

하얀 평화가
조용히 숲으로 퍼진다.

단양 강가에서

남한강 물줄기 따라 강가를 걷는다
묵직한 산 아래로 차가운 밤이 흐른다
작은 물결 소리가 가까운 듯 멀다

빛이 사라져버린 캄캄한 강둑
반질거리던 빛의 조각들은 어디로 갔을까
하늘빛은 모두 조용히 무너져 내렸다
내 가슴도 살금살금 그렇게 부서져버렸다

모르는 마을 강가에 내려와서
온전한 가슴으로 짙은 어둠을 끌어안고 싶었다
강가의 부드러운 야기(夜氣)에 빠져들고 싶었다
전부터 그래보고 싶었다.

기분을 바꿔주세요

바로크의 플루트 선율이 스며들며
잔잔한 흥분 속에 하루가 열렸지만
오후 서너 시가 되니
마음이 전처럼 서늘해진다

오후 서너 시가 되면
심드렁하니 찐득한 멜랑콜리가
주변을 점령한다
분위기는 이미 회색 톤이다
이젠 무언가로 바뀌었으면 좋으련만…

르네 마그리트 그림처럼
색상이건 발상이건 생뚱맞아도 괜찮을 텐데…

오후 서너 시가 되면
몸 안의 모든 것들이 텅 비게
빠져나가는 느낌이 들고
나도 모르게 세상과 동떨어져 지내는

푸석한 바위가 된 기분도 든다

오후 서너 시,
─다음엔 나팔이라도 불며 나타나주세요
─내 기분을 주저앉히지만 말고 곤두세워주세요.

산앵두

저녁 무렵 산길을 지나다가
입에서 단내가 날 정도로
허겁지겁 앵두를 따 먹었다

멈췄다가 이어서 꾼 꿈처럼
신비롭고 달콤한 환희가
온몸 구석구석으로 스며들었다.

살아 있음의 강렬한 증거

배롱나무 주변
말벌들이 진을 치고 있다

힘차게 날갯짓을 하면서도
시뜩시뜩 주변 경계가 한참이다

스스럼없이 욕정을 발산하며
엉켜 있는 벌들도 있다

땅 밑 거처에 일이 생겼는지
부지런히 들락거리는 연락병도 있다

바람이 살랑거리는 오후 한때
말벌들은 자신들에게
살아 있음의 강렬한 증거를 보여주고 있다.

내려다보기

하루하루 영혼이 메말라가고 있습니다
활력이 결빙되어가는 일상이 되었지요
다시 또 아이 같은 생동감과 환상 속에서
풀밭을 펄쩍거리며 살아갈 수는 없을까요
언제 내 몸 안으로 생기가 잔뜩 들어와서
자글거리는 번민을 싹 몰아내게 될까요
이제라도 가상의 높은 지점에 올라가서
내 인생살이의 적나라한 모습들을
통째로 내려다봐야 할 것 같습니다
접혀서 가려지는 부분이 있는지도
찬찬하게 들여다봐야겠지요
어쩔 수 없이 닫아두어야만 했던
상자가 있었다면
그 뚜껑도 얼른 열어젖혀야겠구요
'내려다보기'를 마치고 나면,
우물가에서 차가운 등목 물 끼얹은 사람처럼
온몸이 개운해질까요
걸거칠것 없는 하루하루가 펼쳐질까요.

메마른 노인

솟는 기운 충만하고
자신감이 넘쳐흐르던 산에

해가 기울고
어둠이 내려앉으면

허술해진 숲에는
밋밋한 고적감이 흐른다

산은 메마른 노인 같아진다.

소생

심사가 편치 않고 일상이 버석거릴 때
산중턱 못 미쳐 내가 찾게 되는 곳이 생겼다

그곳에 다다르면
여러 방향으로 날 수 있는 새처럼
마음이 자유로워진다

걸핏하면 꿈틀대던 공허의 망령도
선심 쓰듯 슬쩍 나를 놓아준다

아늑하고 조용한 그곳에 가면
부는 바람이 청량하고
뿜어내는 짙은 산 냄새가
온몸으로 스며든다

차가운 샘물이 몸을 관통한 듯
심신이 말개진다

무딘 감각과 시든 정신에

소생의 한 줄기 빛이 찾아드는 것 같다
때 이르게 심원한 늦가을의 장면들도 눈에 잡힌다.

응시

산길에 누런 낙엽들이 수북하다
한때 초록의 진수를 뽐내던 이파리들이
구겨진 옷처럼 꾸깃꾸깃해졌다

바람이 몰려오니 누런 이파리들은
어느 곳으로 가야 할지 작정을 못 한 채
그저 이곳저곳으로 뿔뿔이 흩어진다

하늘을 거느리던 오후의 태양이
제풀에 기운이 빠졌는지
상수리나무 높은 가지 위에는
뿌연 햇살들이 비틀거리고 있다

까마귀들의 거친 절규도
무엇에 삼켜버린 듯 사라졌다

전혀 진기한 자연현상이 아닐 텐데
바위 위에 엎드린 짐승처럼
나는 이 광경을 오래도록 바라보고 있었다.

욕정

한껏 풍요로운 여름 햇살이
흰 포말을 뱉어내는 폭포수처럼 쏟아져 내린다
퍽퍽하니 눈이 부신 하얀 햇살들…
얼굴을 들이대며 숨 가쁜 환희에 젖어본다

쉬쉬 불어오는 한여름 산바람에
뒤집혀진 활엽수의 이파리들이 반짝인다
먼 데 강물이 빛날 때처럼 하얗게 반짝거린다

심장을 태울 듯이 쏟아져 내리던 폭양은
어느새 부드럽고 여린 빛으로 바뀌어
밤나무 가지 아래로 떨어진다

나는 가당치도 않은 욕정이 생겨나
허겁지겁 그곳으로 달려간다
널름널름 하얀 햇살들을 받아먹는다

조용히 내 몸 안으로
나른한 행복이 수액처럼 번진다.

제 4 부

회상

길 꽃

지나치게 편리한 것보다는
조금은 불편한 것이
오히려 마음에 들고

매끄러운 말보다는
투박한 말에 더욱 신뢰가 간다

문학 냄새를 풍기려는 억지 표현보다는
담백하고 진솔함이 묻어나는 글이
훨씬 마음에 와닿고

사람이 가꾼 화려한 정원 꽃보다는
숭근하니 피어 있는 길 꽃에
더욱 눈길이 가게 된다.

안양천 왜가리처럼 쓸쓸해지다

황홀한 자태를 마지막 순간까지 보여주다가
쑥 하고 해가 빠진다
가슴팍으로 서늘한 기운이 스며들며
안양천 왜가리처럼 쓸쓸해진다

스스로를 불사르던 햇덩이 모습과
버티던 끄트머리 잔영이 짙게 남아
쉽게 사라지질 않는다

거대한 불덩이는 어디로 갔을까
불기가 식어가는 하늘에는
주황빛 구름들이 주춤거리고 있다

주변 기류가 바뀌면서
보랏빛 침묵이 흐르고
마음은 더욱 산란해진다

어느새 어둠이 깔린다
쓸쓸함은 여전히 나를 놓아주려 하질 않는다.

밀어(密語)

지나다니는 산길 옆 작은 동산에
사람들이 팥배나무를 심어놓았다

처음엔 너무 조밀하게 심은 것 같아
은근히 걱정했지만
지금은 모두들 훌쩍 커서
볼 때마다 대견스럽다
아래로 그늘도 생긴다

지나다 보면 나무들은 언제나
속삭이듯 얘기를 나누고 있는데
내가 다가가면 얼른 그친다

그들에게는
자기들만의
은밀한 얘깃거리가 있나 보다.

개별꽃

가던 걸음 멈추고
가만히 들여다보게 되는 꽃

야들한 하얀 꽃에는
자줏빛 예쁜 점이 한 개씩 콕 박혀 있다

가끔 부는 찬바람에 흔들거려도
따가운 햇볕 아래 한참을 서 있어도
거리끼는 낯을 보이질 않는다

흔하게 쉽게 핀 들꽃 같지만
별에서 구름 타고 내려온 꽃처럼
어여쁜 자태에는 유별한 기품이 보인다

모두 해봐야 몇 안 되게 모여 있는데
서로들 눈빛을 주고받으며 다정하게 피어 있다.

숫눈길

눈이 내려온다
하얀 숫눈길을 걷는다
아무렇지도 않게 그냥 지나려는데
가슴부터 찌르르 전율이 온다
찬 눈이 살에 닿지만 몸은 뜨거워진다.

고원(高原)에 가다

고원에 서면
하얀 햇살들이 바로 머리 위에서 부서진다

고원에 가면
시간과 시간 사이에 낀
다른 시간들이 보인다

휙 불며 지나가는 바람에
흐려진 기억들이 다시 펄럭인다

은빛 물고기 떼의 환영이 스친다
깊은 노을 속으로 걸어가는 노인도 보인다

지나간 한때의 시간들
다가올 언젠가의 시간들

진정한 현재(現在)는 어디에 있는 걸까
내게도 찾으면 찾아질까

고원의 나무들은 제자리에서
늘 그래왔을 것처럼
묵묵히 현재만을 바라보고 서 있다

어느덧 고원에 어둠이 깔린다
구름이 생각보다 빠르게 흐른다
흐린 구름 사이로 별 몇 개가 돋는다.

아침은 싱싱하다

이리저리 마음 가는 데가 많은 밤이 지나면
어김없이
산도라지 꽃처럼 싱싱한 아침이 온다

소풍날을 기다리는 아이처럼
고분고분하게 잠자리에 누워서
미리부터
다음 날 아침이 찾아주길 고대한다

아침은 늘 친근한 모습으로 내게 다가온다

아침을 떼어놓고는
인생 자체를 생각할 수 없을 것 같다
싱싱한 아침이 있기에
능선이 다양한 지상에서의 산길을
우리는 오늘도 걸어가고 있는 게 아닌가.

붉은 산수유

산수유 붉은 열매가 가을볕에 유난하다
빨간 열매는 바람을 마시며 더욱 붉어진다

붉어보자!
붉어지자!
우리 모두 붉어보자!

대놓고 마음껏 붉어지는 산수유 열매들…

피처럼 붉은 열매들로 내 심장이 채워진다

박힌다!
번진다!
붉음의 범벅이여!

붉디붉던 욕망의 세월은 진정 사라졌는가
언제 다시 내 심장에
붉은 강물이 다시 일렁이게 되는가.

한여름 밤의 꿈

하늘에서 구름이 내려온다
차례차례 내려와서 대지 위에 쌓인다
하늘이 무너진 것이다
무너진 틈으로 구름들이 쏟아져 내린다

아이들은 신이 나서 쌓인 구름 위에 올라
소리 지르며 뛰고 뒹굴고,
얼굴을 대어 부비고 문지르고 한다
그렇게 하면 기분이 좋아지는지 자꾸 그런다

흰 구름을 배경 삼아
사진 찍는 아이들도 있고
커다란 구름 덩이를 들어 보이며
힘자랑하는 아이도 있다

세상에, 하늘이 무너지다니!
끝날이 오려나 봐요!
어른들은 징조가 안 좋다며
서로를 쳐다보고 걱정들을 한다

구름은 다시 하늘로 올라가거나
눈처럼 녹아 흐르지 않고 계속 쌓이기만 한다

어른들의 근심은 더욱 늘어가지만
아이들의 즐거움은 커져만 간다

흰색, 노란색, 진홍색…
다채로운 구름들이 끊임없이 내려온다.
한바탕 소동이 지나가고
붉은 구름들이 서쪽 하늘 끝으로 모이는가 싶더니
이내 구름을 뚫고 밤이 내려앉았다

밤은 원래의 밤처럼 온전하게 까만 밤이다
달그림자 흐르듯
평화가 조용히 흐르는 밤이다

구름들은 제자리를 찾아서 가고
아이들도 달콤한 꿈나라에 가 있을
그런 밤이다.

비밀

내겐 오래전부터 가만히 간직해온
비밀이 하나 있어요

비밀과 나는
무시로 어렵지 않게 만나요
그냥 자유로운 구름처럼
내 안에서 늘 흘러 다니니까요

비밀은 나를 항상 지켜주고 있어요
누군가처럼 낮밤 없이 그래주고 있어요
그런데 언젠가부터
비밀이 내게서 사라질지도 모른다는
무서운 생각이 퍼뜩퍼뜩 들어요

정한 이치가 그럴 테니까요

어쩌다 그런 생각이 한번 들면
걷잡을 수 없이 서글퍼져요

내가 세상에서 사라지게 되는 날

내 비밀도 함께 사라질까요

그렇지 않으면,

나의 비밀은

비밀로서 영원히 세상 안에 존재하게 될까요.

Ah! Jeannie Seely

우연히 당신의 노래를 처음 들었습니다
그 순간 마음에 격랑이 일었어요
편안하면서 랩시(raspy)한 당신의 음성에
제 가슴은 걷잡을 수 없이 흔들렸어요
그렇지만…
불과 몇 시간 후 당신의
안타까운 죽음을 알게 되었습니다
넘칠 듯한 환희와 상실의 아픔이
어떻게 거푸 다가올 수 있을까요
지니 실리,
벽안의 할머니인 당신이 부른 노래
〈Can I sleep in your arms tonight, mister〉는
생면부지인 저에게 보낸 하직 인사이었나 봅니다
묘하게도 그날 밤
저는 당신에게 왼쪽 가슴에 흰 장미를 달고 갈까
붉은 장미를 달고 갈까 망설이는 꿈을 꾸었어요
지니 실리,
당신으로 인해 저는
깊은 슬픔의 진수를 알게 된 것 같습니다

그리고

당신의 푸근한 음성과 공허한 표정은

오래도록 제 가슴에 남을 거예요

지니 실리,

당신은 이제 당신이 사랑했던

누군가의 팔에 안겼을 겁니다

지니 실리,

오늘은 가슴에 흰 장미를 달겠어요.

회상

내면에
아무것도 없는 사람처럼

그냥 범연한 눈으로
서쪽 하늘 밑을 바라본다

노을이
가을날 옻나무 잎처럼 붉다.

우리에게는

죽음 이후에도
우리에게는
보이지 않는
세상과의 유대가 있겠고

죽음 이후에도
우리에게는
안개처럼 피어나는
안락의 시간도 있겠으며

죽음 이후에도
우리에게는
흑암을 밝히는
환한 햇살이 있으리라.

폭우

갑자기 굵은 비가 한꺼번에 쏟아진다
사방이 금세 어두워진다
새들도 황급히 은신처로 사라진다
합쳐진 물이 흙길을 파내며 요란하게 흐른다
계곡으로 거대한 소리가 울려 퍼진다
힘에 부친 돌들이 여기저기서 굴러떨어진다
꺾인 나뭇가지들은 바닥에 고꾸라진다
하늘이 단박에 갈라졌다 합쳐졌다 한다
여느 비처럼 때에 맞춰 알맞게 내리질 않고
막무가내로 온 세상을 후려친다
산야를 노골적으로 망가뜨린다.

세상

세상은 늘 우리를 당혹케 한다
수백 년 전에도 그랬을 것이고
수천 년 후에도 여전히 그럴 것이다

갈수록 세상은 단호하게
자신만의 방식으로
자신을 내보이려 한다
그것이 세상이 지닌 속성인가 보다

도도하고 자기 멋대로인 세상이
못마땅하지만
사람들은 저마다 세상에게
무언가를 갈망하며 살아간다

그러다가 결국은,
우묵한 접시 안 같은 세상에서 나와
어딘가로 떠나게 되리라
세상이 주는 무언가의 선물을
한 움큼씩 받아 들고 떠나게 되리라.

연초(年初)

통유리 속 마네킹처럼
뎅겅하니 빈방에 앉아서도
가슴 한편에서
무언지는 몰라도 이제부터라는
솔깃한 생각이 드는 때가 있다
또 해가 바뀌었나 보다.

수수하게 살고 싶네

무슨 생각을 가지고
어떤 숨을 쉬어야
차분함을 유지하며
순하게 살아갈 수 있을까

스치는 삶의 지침(指針) 중
한두 가지라도 움켜쥔다면
그렇게 될 수 있을까

밑바닥에 진지한 믿음이 생긴다면
그렇게 될 수 있을까

이제라도
특수한 처세를 터득한다면
그렇게 될 수 있을까.

흐르는 시간, 어떻게 살 것인가

박덕규(시인, 문학평론가)

*

박영욱은 이번 시집 '자서'에서 "멈출 줄 모르고 / 흘러만 가는 시간 속에서 / 낮밤으로 감성의 문을 두드렸다."고 썼다. 말 그대로 이 시집은 '흐르는 시간을 의식하며 그 감성을 드러낸 시'로 이어지고 있다. 인간이 흐르는 시간을 인식한다는 것은 심리학적 관점에서 '자아의 연속성'을 유지하려는 본능이랄 수 있겠다. 인간은 시간의 흐름 안에서 지나온 과거와 지금 현재, 그리고 다가올 미래를 하나의 일관된 맥락에서 이해한다. 그럼으로써 지난 경험에 대한 자기 성찰을 통해 앞으로의 자신의 행동에 대한 결과를 예측하고 불확실한 미래를 대비할 수 있게 된다. 한편, 인간의 시간에 대한 의식은 필연적으로 자기 존재의 소멸에 대한 공포를 불러오기도 한다. 세익스피어가 일찍이 '햄릿'에서 "All that lives must die(살아 있는 모든 존재는 죽는 법이다)."라 한바, 시간은 생자(生者)를 필멸(必滅)로 이끈다. 흐르는 시간은 언젠가 가닿을 소멸의 시간을 상기하게 하여, 생존하는 인간을 끊임없이 현재에 안주하지 못하게 하는 불안의 근원을 제공한다.

철학적 의미에서 시간에 대한 의식은 '인간 존재의 본질' 그 자체라 할 수 있다. 하이데거에 따르면 인간은 시간을 의식하면서 '죽음'이라는 종착역이 있음을 알게 되어 '남은 시간 동안 무엇을 할 것인가'에 대한 실존적 질문을 견딘다고 했다. 이에 비해 베르그송은 시간을 '시계가 가리키는 계량적인 것'보다 '지속'이라는 관점에서 이해해 '흐르는 시간을 의식하는 것'을 '단절된 순간들의 합'이 아니라 '과거와 현재가 쉼 없이 뒤섞여 미래로 나아가는 생동하는 흐름'을 체험하는 것이라 했다. 이처럼 인간은 시간의 흐름을 의식하기에 '아직 오지 않은 나'를 상상할 수 있으며 기대와 불안 속에서 스스로를 미래로 내던지는 자유를 얻는다고 할 수 있다. 따라서 '인간이 시간의 흐름을 의식한다는 것'은 '유한한 생명 안에서 의미를 창조하려는 몸부림'인 셈이다. 오늘의 시인 박영욱이 소박하게 말하고 있는 '흘러가는 시간 속, 낮밤으로 감성의 문을 두드리는' 행위도 바로 시간 앞에 놓인 유한한 생명으로서의 기대와 공포를 의미 있는 행위로 재인식하기 위한 것이라 할 수 있다.

*

'흐르는 시간을 의식하는' 박영욱의 시가 지난날을 회상하는 태도를 취하는 것은 거의 필연적이다. 그는 "어릴 때처럼 / 비가 내린다"(「비」에서)나, "호젓한 기분을 갖고 싶을 때 / 자

주 찾는 나무 아래 / 등 대고 철퍽 앉으니 / 이런저런 기억들
이 한 묶음씩 다가온다"(「기억 속으로」에서)에서 보듯 일상의 사
물 앞에서 지난날의 기억을 자아올리는 데 익숙하다. "색종이
색상처럼 색색으로 사라져버린"(「어둠 속에서」에서) 그 시간들은
대개 '소중한 기억'으로, '한 움큼의 그리움'(「지난 사랑」에서)으
로 그에게 남아 있다.

　　자질구레하고 평범한 일상 속에서
　　지난 세월을 떠올리다가
　　퍼뜩 막 지어낸 솥밥이 생각났다

　　언제부터인지 잡곡밥을 먹네
　　현미밥이 좋네들 하지만

　　어린 시절 가끔씩
　　솥으로 방금 지어낸 하얀 쌀밥에
　　간장과 달걀을 넣어
　　정성껏 비벼서 먹던 일은 잊을 수 없다

　　너무나 맛있어서 그 순간은 정말 행복했다
　　기름 냄새 고소한 김에 싸서 먹지 않아도
　　눈처럼 희고 뜨거운 쌀밥의 감미는
　　순식간에 온몸으로 퍼져 나를 전율시켰다

　　그때의 행복은
　　그냥 어쩌다 말하는 행복을 넘어선

산꼭대기처럼 높은 행복이었다
출렁거려 넘쳐나는 큰 파도와 같은 행복이었다.
　　　　　　　　　　　　　—「아, 행복한 순간이었네」 전문

　이 시 역시 "자질구레하고 평범한 일상 속에서 / 지난 세월
을 떠올"림으로써 젖는 추억을 상기하고 있다. 그 추억은 무
엇보다 구체적이다. 그 추억의 한가운데 "솥으로 방금 지어낸
하얀 쌀밥", '솥밥'이 있다. '솥밥'은 그에게 "눈처럼 희고 뜨
거운 쌀밥의 감미는 / 순식간에 온몸으로 퍼져 나를 전율시
켰다"로 뚜렷한 몸의 감각을 되새기게 한다. 이때 '솥밥'은 인
간의 삶이 사물과 함께 지내온 시간이라는 사실을 인지하게
하고 잊힌 시간을 현재로 소환하는 매개물로 기능한다. 또한
'솥밥'은 단순한 공간적 존재에 그치지 않고 그것을 보고 먹을
때의 감각을 되살려줌으로써 그 시절의 나를 재구성하는 도
구가 되기도 한다. 기억은 추상적 언어보다 감각적 계기를 통
해 훨씬 더 강렬하게 복원되는바, 이 시는 '솥밥'을 통한 구체
적 감각화로써 '넘쳐나는 큰 파도의 행복감'이라는 추억에 젖
는 화자의 감성을 독자에게 쉽게 체감하게 한다.

*

　박영욱의 시에서 '흐르는 시간에 대한 의식'이 드러나는 과
정에서 자주 구현되는 행위는 '산책하기'와 '바라보기'다. 가
령 "나는 풀길을 걷는다"(「풀길」에서), "파주를 다녀오는 길이
다"(「겨울 강」에서), "심사가 편치 않고 일상이 버석거릴 때 / 산

중턱 못 미쳐 내가 찾게 되는 곳이 생겼다"(「소생」에서) 등에서
보듯 어떤 장소를 찾는 일이 산책이라면 "산길에 누런 낙엽들
이 수북하다"(「응시」에서), "방금 지나온 산길을 / 오래도록 돌
아본다."(「산길 I」에서), "그냥 범연한 눈으로 / 서쪽 하늘 밑
을 바라본다"(「회상」에서) 등은 '바라보기'의 사례가 된다. 그런
데 이 '산책'과 '바라보기'는 동전의 양면처럼 서로 한몸을 이
루어 드러난다는 데 박영욱 시의 진정한 특징이 나타난다.
박영욱 시는 "가던 걸음 멈추고 / 가만히 들여다보게 되는
꽃"(「개별꽃」에서)에서처럼 '산책하며 바라본다' 또는 '소요하
고 발견한다'.

산길에 누런 낙엽들이 수북하다
한때 초록의 진수를 뽐내던 이파리들이
구겨진 옷처럼 꾸깃꾸깃해졌다

바람이 몰려오니 누런 이파리들은
어느 곳으로 가야 할지 작정을 못한 채
그저 이곳저곳으로 뿔뿔이 흩어진다

하늘을 거느리던 오후의 태양이
제풀에 기운이 빠졌는지
상수리나무 높은 가지 위에는
뿌연 햇살들이 비틀거리고 있다

까마귀들의 거친 절규도

무엇에 삼켜버린 듯 사라졌다

전혀 진기한 자연현상이 아닐 텐데
바위 위에 엎드린 짐승처럼
나는 이 광경을 오래도록 바라보고 있었다.

—「응시」 전문

이 시에서 '나'는 늦가을 늦은 오후에 산길을 걷고 있다. 나무도 힘을 잃었고 태양마저 그 빛이 희미해져간다. 그건 전혀 진기한 자연현상이 아니다. 그러나 '나'는 "바위 위에 엎드린 짐승처럼" '자연의 일부'가 되어 그 "광경을 오래도록 바라보고 있"다. 산길을 산책하다가 우연히 보게 된 '빛바래가는 풍광'에 대한 응시다. 응시는 사물을 파악하는 일차적인 행위이자 그 본질에 가닿는 가장 원초적인 과정이다. 소요는 응시를 수반하고 그 과정에서 사색이 일어난다. "까마귀들의 거친 절규도 / 무엇에 삼켜버린 듯 사라졌다"는 소요와 응시가 사색으로 들끓는 현장감을 불러일으킨다. 이로써 '응시'는 '응시'에 그치지 않고 그 내면에서 자연현상이 빚어 보이는 소멸을 체감하게 하는 통로로 제공된다.

여름날처럼 갑자기 더워졌던 날이
하루를 보내고 나니
일찍부터 여린 비가 가만가만 내린다

서둘러 핀 봄꽃들을 먼저 보내고

한쪽에 하얗게 피어 있던 야광나무 꽃들이
부드러운 비와 얌전한 바람에도
흩날리듯 떨어진다
손을 펴서 떨어지는 꽃잎을 받아본다
모아서 입에도 대어본다

풀밭 한가운데
흰색과 연보라가 반반인
종지나물 꽃들이 눈을 끈다
수분과 양분을 빨아들여서 그런지
수들수들하던 것이 전보다 줄기가 길어지고
통통하게 굵어져서 생기가 넘친다

식물들은 갈급한 경우에도
필요한 적당량만 취하는 자제력이 있나 보다

꽃들은 서로가 정한 약속을 지키려는 듯
자신의 순서를 어기지 않고 차례대로 피어난다
사정이 생겼다며
앞으로 나서거나 뒤로 처지지 않는다

봄이 절정을 향해 흘러가고 있는 줄 아는지
새들도 분주하게 날고 그 소리도 높아져간다.
　　　　　　　　　　　　　—「식물의 자제력」 전문

이 시의 화자는 여린 비가 내리는 풀밭 한가운데 서 있다.

때아니게 여름 날씨처럼 더웠다가 내리는 봄비라 그 날씨 변화에 당황해할 법한데 식물들은 전혀 그렇지 않다. 봄이 서서히 절정으로 치닫는 동안에도 꽃들은 제가 필 순서대로 피어난다. 화자는 풀밭 한가운데서 떨어지는 꽃잎을 받아보고 입에도 대어보고 하면서 그 사실을 몸으로 느끼고 있다. 화자는 마침내 제가 필요한 만큼 자양분을 얻어서 제 차례가 와서야 꽃을 피우는 '식물의 자제력'을 확인한다. '식물의 자제력'은 말을 바꾸면 그것을 바라보는 '인간의 무절제'에 대한 성찰이기도 하다. 이 시는 '야광나무 꽃'이며 '종지나물 꽃'이라는 식물의 생태적 모양새를 제시해 시적 구체성을 확보하면서 이처럼 이를 바라보는 자의 발견과 각성을 이끌어냈다.

*

박영욱의 시는 지난날에 대한 "어쩔 수 없는 지난 연민"(「기억 속으로」에서)으로 넘쳐난다. 이는 '흐르는 시간에 대한' 그의 근원적인 의식에 가깝다. 그런데 사실 그 과거지향의 의식에는 그것을 바라보는 현재적 감정이 내재해 있을 수밖에 없음을 우리는 알고 있다. 흐르는 시간이란 결국 사라지는 것이고 따라서 현 단계에서 그 유한성을 수용할 수밖에 없다. 그 일은 나아가 죽음에 대한 남다른 자각을 수반한다. 박영욱의 시는 "지나간 한때의 시간들 / 다가올 언젠가의 시간들"(「고원에 가다」에서)에서 보듯 '흐르는 시간에 대한 의식'을 지난날과 오늘, 그리고 예정된 죽음이라는 미래로 이어가는 연속적인 과정으로 수용하는 데서 생겨나는 정서적 편린이라 할 수 있다.

쓰디쓴 한때도
찬란했던 날들도
하늘 아래 지나간다

삶이 지나가고
죽음이 지나간다

죽음, 그 어쩔 수 없는 수용
삶에 대한 차가운 배신인가

몸뚱어리 깊은 곳으로부터
뻐근한 소리가 들린다.

　　　　　　　　　　　　　—「배신」 전문

파주를 다녀오는 길이다
차창 밖으로 보이는 겨울 강에는
하얀 얼음덩어리들이 표류하고 있다
온 강을 덮은 얼음들이 생물처럼 보인다
망연히 한참을 바라보고 있으니
죽음이 점점 내게로 다가오는 것 같다
보이지 않는 죽음의 파동도 느껴진다

나도 머지않아 영락없이
어둡고 차가운 죽음의 강을 건너게 되겠지
두려움이 틱틱 나를 엄습할 텐데
제대로 노를 저을 수 있을까

별스러운 생각들을
다 끄집어내면서 건너도 역시 무섭다면
큰 소리로 자꾸자꾸 노래를 부르며 건너리라
얼마나 멀까?

—「겨울 강」 전문

 지난날의 한때는 찬란했고, 또 쓰디쓴 때도 있었다. 그 시
간은 이제 눈앞을 흘러가고 있으며 나아가 죽음이라는 시간
으로 '나'를 인도할 것임에 틀림이 없다. 그걸 인정하지 않거
나 수용하지 않거나 할 방도는 없다. 그렇다면 시간이란 어차
피 '나'를 죽음으로 이끌 것이므로, 지난날 지나갔고 지금 지
나가는 시간이란 그저 무의미한 것이 아닐까. 그걸 '시간의
배신'이라 말할 수도 있으리. 「배신」은 바로 그런 의혹에 사
로잡힌 심정을 토로한 시다. 「겨울 강」은 '온 강을 덮은 얼음
들이 부유하는 것'에서 언젠가 다가올 '죽음의 시간'을 느끼
는 '나'의 심정을 드러낸다. '나'에게 인식되는 죽음은 '어둡고
차가운' 공포. 사는 일은 어쩌면 그러한 공포를 견디는 일
일지도 모른다. '흐르는 시간에 대한 의식'이란 궁극적으로는
'죽음의 공포'에 가닿는다. 그러나 생존하는 존재는 그걸 알면
서도 그 공포를 견디는 자신을 자각함으로써 삶의 의미를 되
새김질하게 된다.

 지난밤 꿈을 떠올리며
 무심히 산길을 걷다가
 낚싯줄에 망둥이 걸리듯

얼핏 이런 생각이
내 머릿속에 걸려들었다

예수는 내 삶 속에서
진정 무슨 의미가 있을까

내가 외로울 때
내가 실의에 빠졌을 때
내게 세상의 둔탁한 소리가 들려올 때
내게 신나는 일이 생겨서 가슴이 벅차오를 때
나는 예수를 바라보았던가

나는 어쩌다가
인간 카뮈에게 예수를 빼앗긴 것 같다
내 안의 예수는
어느 날 알제리의 사막 너머로 떠나갔다

내 탓이었을까
카뮈의 탓이었을까
아니면, 예수의 탓이었나?

내 안에 예수가 있기는 했었을까…
　　　　　　　　　　—「카뮈에게 예수를 빼앗기다」 전문

　시집의 표제작인 이 시는 표면적으로 기독교적 신앙과 실
존론 사이에서 방황하는 내면을 그려낸 시로 읽힌다. '카뮈'는

실제 몇 편의 명작을 통해 신이 부재하는 세상에서의 부조리함을 역설한 작가다. "내 안의 예수는 / 어느 날 알제리의 사막 너머로 떠나갔다"에서 '알제리의 사막'이 바로 인간이 신의 피조물이 아니라 저절로 이 세상에 던져진 실존적 존재라는 사실을 표상하는 공간적 기호다. 예수가 그 "알제리의 사막 너머로 떠나갔다"는 말은 곧 화자의 내면에서 신을 향한 절대적 신앙이 큰 시련에 시달리고 있음을 드러내 준다.

화자는 "지난밤 꿈을 떠올리며 / 무심히 산길을 걷다가"로 어김없이 소요하고 바라본다. 그 바라봄은 인간이 '신의 피조물이냐 실존적 존재냐'라는 갈등을 관통한다. 둘 사이의 갈등을 관통한 이 시는 '카뮈에게 예수를 빼앗겼다'라는 결론에 도달하지만, 실은 그것이 기호와 속뜻이 다른 아이러니한 표현임을 모를 리 없다. 그 표현은 '카뮈에게 예수를 빼앗겼다'가 아니라 '빼앗길 수는 없는 일이 아닌가'라는 의미다. 말하자면 이 시는 예수로 기호화한 가치 지향이 카뮈로 기호화한 실존론의 문제 제기로 갈등하는 현장을 꾸며주면서 스스로 어떻게 살아낼 것인가를 성찰하는 자아를 드러낸 것이다.

*

박영욱의 시는 일상의 산책길에서 만나는 사물들, 자연의 움직임을 바라보면서 추억에 젖기도 하고 그 생기에 취하기도 하면서 그것들에 내재하는 시간의 흐름을 의식함으로써 남다른 시적 영역을 확보한다. 그 과정에서 '산책하기와 바라보기' 또는 '소요와 응시'라는 시작 방법론을 견지해 "낮밤 분간 없이 풍기는 허무의 냄새"(「허무가 사라져줄까」에서)나 "가끔씩 꿈틀대는 범속한 마음의 동요"(「Thanks」에서) 등의 내적 갈등의 시간을 겪게 된다. 그 일은 어떻게 살아내야 결국 "세상이 주는 무언가의 선물을 / 한 움큼씩 받아 들고 떠나게"(「세상」에서) 될 것인가에 대한 탐색으로 이어지면서 독자를 깊은 사색으로 이끌고 있다.

박영욱 시집

카뮈에게 예수를 빼앗기다